청어詩人選 364

송엽에
싸인
바람 같이

김용휴 제2시집

도서출판 청어

송엽에
싸인
바람 같이

김용휴 제2시집

송엽에 싸인 바람 같이

김용휴 지음

발 행 처 · 도서출판 청어
발 행 인 · 이영철
영　　업 · 이동호
홍　　보 · 천성래
기　　획 · 남기환
편　　집 · 방세화
디 자 인 · 이수빈 | 김영은
제작이사 · 공병한
인　　쇄 · 두리터

등　　록 · 1999년 5월 3일
(제321-3210000251001999000063호)

1판 1쇄 발행 · 2022년 12월 20일

주소 · 서울특별시 서초구 남부순환로 364길 8-15 동일빌딩 2층
대표전화 · 02-586-0477
팩시밀리 · 0303-0942-0478

홈페이지 · www.chungeobook.com
E-mail · ppi20@hanmail.net
ISBN · 979-11-6855-102-2(03810)

이 책은 예술인복지재단의 창작지원금을 일부 지원받아 제작되었습니다.

시인의 말

송엽에 싸인 바람같이

바람을 타는 것이 어디 나뿐이겠는가.
그러나 나의 맹점이라면 맹점투성인 나의 사유 속
에 하나로 별스럽게 자리를 떠억 잡고 요지부동인
것이 나중이라는 단원이다.
어디, 그 맹점만이 있겠는가마는
다음, 나중에 하지, 하고 미루는 습성이 나에게
는 내재 되어 있는 것 중에 그리 중요하지 않은 것
이 최후의 보루인 것인 마냥 내보일 것도 없으면서,
아니면서 나에게는 자신만의 시금석과 같이 감싸고
감싸여 있지 아니한가 생각해보면 부끄러움으로 참
으로 머뭇거려진다.

그렇다.
나에게는 지금이 아니면 없다고, 미루겠다는 사고
의 틀을 원인의 단자부터 없애버리겠다고 다그치고
다그쳐본다. 그러나 나중이라는 것이 오늘 마무리

짓지 않더라도 된다는 핑계, 게을러 빠진 생각의 단말마가 일말의 자투리가 아닌가, 라고 생각하여 나의 사고의 궤 속에는 나중이라는 단원을 없애기로, 단락을 없애기로 각고의 결단을 내려본다.

그러나 날이 가고 해가 바뀌어도 다음에, 나중에, 그래도 하지 하는 단서를 붙이면서 이리저리 뭉그적거린다.

질기고 질긴 연의 줄이 어디 그렇게 길고 질기던가.

그래 지금이라는 단원은 인간의 가장 중요한 금 중에 현금, 소금, 지금의 세 가지 중에 가장 중요한 금 중에 지금[현금]이지 않을 수 없다. 그러나 현금보다 더 직접적인 것이 인간의 사지에 전달되기 이전의 사고영역이지 아닐까.

그러니까 사고와 행동, 별 개체이기도 하다.

그러나 이 사고와 행동은 따로이면 반감되기도 하고 의미가 없어지기도 하는 것이 생각과 실행이라고 구분 짓지 않을 수가 없다.

그래, 나중이라는 것이 중요하다는 것도 아니요. 그렇다고 중요한 것도 아니다.

나중으로 미루는 것은 생(生)의 존재(存在)이기 전

(前)이냐 아니냐는 중요하다.

그것이 문제로다.

그 미룸은 자신의 영역이 아니기에,

다시 자신의 영역에서는 미루지 말자.

끝을 맺으라는 것이 아니라, 생각의 결어, 오늘의 과제를 내일로 떠넘기지 말라는, 게으름 피우지 말라는 것이다.

더 추밀해 내는 것도 나중이라 말로 말고 더 생각해보자.

우리나라 참솔, 적송은 죽어서도 송향은 천년을 간다.

이에 참솔잎의 부드러움에 감싸인 바람에는 그 어찌 송향이 없으리요.

깃발을 세우자.

김용휴 제2시집『송엽에 싸인 바람같이』라 부끄러움을 금치 못하면서 제(題)하여, 일부 예술인복지재단의 창작지원금의 도움으로 출간하게 되어 감사드린다.

2022년 가을, 무등산을 바라보며

김용휴

7

차례

2부 너는 하늘의 거울

3부 다시 봄은 왔는데

4부　내 고향 가는 길

1부

날마다 날을 세워라

날마다 날을 세워라

날마다 숨을 쉽니다
날마다 눈을 뜹니다
날마다 생각 합니다
날마다 만나 뵙니다
날마다 입을 엽니다

날마다 외쳐 댑니다
날마다 새겨 냅니다
날마다 그려 봅니다
날마다 술을 품니다
날마다 잠겨 듭니다

날마다 눈을 깝니다
날마다 간절 합니다
날마다 글을 씁니다
날마다 고함 칩니다
날마다 목을 뺍니다

오늘도 자신을 이기라는 지대한 소명이
어느 것 하나 소홀할 수 없다고
순간순간마다
엄하게 질타하며

날을 세우라 합니다

흐르기만 한다더냐

하늘을 비추어주는
도랑물이
이끼를 생성시켜
나의 사유를 감돌아
사상을 빗겨주는
뚝 없는 강물이 되어
어제
오늘
내일
하늘을 비추고
바다 깊이를 보여주듯
나의 가슴을 친다

차올랐다 지우는 달아

우리네 소담스러움으로 빚은
반달같이
벙글어지듯 웃는 달아

우리
할아부지 할아부지
할무니 할머니
바램으로 차오르는 달아

삶의 질곡으로 채워
무변의 천도(天道)로 비추다
희(喜)와 애(哀)와 락(樂)으로 지워가는 달아

우리 마음 그득

달마다
차올랐다 비우며
휘영청
누에나 소담스레 담기고 가는 달아

어둠을 벗겨내는 순간

사위에서
우주로 전이되어가는
생의 반추

하늘과 땅 사이

하늘의 뜨거움으로
땅
그리고 공간을 달구어
어둠의 축을
이동시키는 지렛대

무문(無門)

흘러가는 물소리도 아니다
간간이 들려오는
바람소리 같이
멍~ 멍~ 멍

세월에 맺혀가는
연등처럼
한 매듭 맺혀 풀기라도 하는 양
멍~ 멍~ 멍

두고 가는 게 무어냐고
물어도
아무도 알 수 없다
인생 행로에
노둣돌을 놓아주는 양
말이 없다

법칙의 미학

서로 맞아야 향이 나는
양회 갓은
한가위 보름달이 밝아오면
꽃이 핀다

무덥고 긴긴 여름
회초리로 후려치듯 퍼붓는 소나기
큰 잎으로 다 맞으며
추석에 꽃을 피우는 양회 갓

소고기에 곁들이면
어느 게 양회 갓이고
어느 게 소고긴지 모르게
서로 맛과 향이 살아나는
양회 갓

청주 안주로 곁들이면
취기와 향취를 더하여 주나
맛과 향이 없는

술과 안주는 말하지 말라는
선비들의 불문율의 표증이 되는
양회 갓

살짝 씹어 입안에 향이 번질 때
넘기면 안주가 되지만
씹고 씹으면
영영 삼킬 수 없이
대쪽 같이 살아나는 양하

돼지고기에 졸이거나
막걸리 안주로 하면
맛이 범벅이 되어버리는 양회 갓

선비들이 대밭 언저리에 심어
한가위에 청주 안주로 꼽던
양회 갓

황금의 곳간

－책과 도서관 사람들

발상(發想)과 사고(思考)를
반짝이게 하여주는 곳
누구에게나 무한이기에 소중하다

거기에 대자연의 섭리가 있고
만유인력의 무한성이 내재되어 있고
우리의 생성원리가
쌍무지개로 뜨는 곳

인간의 주마등이 되고
지날수록 숙성이 되어
보는 이의
사관의 촉수로 살아나는 그대

비지(秘늅)에 함몰될수록
인간을 매료시키고 요동치게 하는
분화구

하늘 사다리가 되어주기도 하고
구사(構思)의 정점이 되기도 하고
올라가도 올라갈 수 없는 사다리가 되기도 하고
사다리 없이도 하늘을 오를 수 있고
날 수 있는 나래를 펼쳐주는
그대의 곳간
누구에게나 말이 없구나

찾는 자만이 광맥을 찾듯
그대들의 곳간으로 끊임없이 향하누나

갈망의 조탁(彫琢)으로 그대와 눈 맞아
쌍무지개 띄우는 정염(情炎),

함몰되어라

솔잎이 나부끼듯
댓잎이 서스럭거리듯

헛방을 잘 치고도

장마가 끝났다 하더니
해가
중천에 이글거리는 불덩어리

차라리
장마가 나았는데
어서
장마야 가라
장마야 가라~

하는 것이 앎이라던가

불구덩이에 뛰어들어
확 날려 버리고프다

그럴 때
비 한 줄금 쏟아지기를

바라지 않겠지~

결행은 짧아야 좋다

가슴을 헤집은 초침 소리
내 고막을 째는
순간
양단 내어야 할
결단은 짧을수록 좋다

일각이 채 되지 못할지라도
결단은 짧을수록 좋다

누구도 알 수 없고
누구도 감지할 수 없는 순간일지라도
결단은 짧을수록 좋다

그리움 초침 되어
가슴
박동 치더라도
결행으로 짧을수록 좋다

'비봉'하게 하던 날

첫 젖을 빠는 아가의 사유보다
더
순수하게
비봉산[1] 허리 휘감던 구름

국화 꽃무늬 곱게 놓은 백설기에
오곡[2]으로 빚은 청주
오과[3] 오채[4] 차려 인 울 엄니 따라
증조부님께 성묘 가면
바다 건너 반겨주던 비봉산

구름 위에 두둥실 떠오르던
유년의 꿈

이제서야
누우런 국화만 봐도
비봉산 구름에 휘감기는 나

1)비봉산: 전남 고흥의 녹동 뒷산. 금산 석교 내치개 선산에서 바다
　　　　건너 마주 보이는 산
2)오곡: 쌀, 보리, 조, 수수, 밀(누룩)
3)오과: 대추, 은행, 밤, 배, 감
4)오채: 고사리, 도라지, 토란, 배추, 부추

엄니 같은 바다

바다는 거울이다
하늘을 비추어주는

화가 나면 물결쳐
금새 지워버리고
화가 가라앉으면
잔잔히 비추어주는
엄니 같은 바다

말없음표를 찍는
바다가 아니어서 좋다

바다는 나를 비추며
더 아름다워라
파도로 출렁거려 준다

겨울 바다는
하늘이 드높을수록
칼바람을 안고

물결로 생성시켜주며
속 깊은 사람이 되라 한다

바다가 좋다

모든 물 다 받아들여
하늘까지 잔잔하게 비추어주는
바다가 좋다

말 맺음표를 찍지 말고
말 이음표로
더 푸르러라
더 정제되어라
파도로 일렁거려 물결쳐 주는
바다가 좋다

바람이 거세게 불면
거대한 파도로 속까지 다 뒤집어 보이다가
겨울 하늘 파랗게 드높아지도록
하늘까지 다 품어주고
네 마음의 수평까지 잠재워주는
어무니 같은
바다가 어데 있을까

바다

바다는 물을 수장시켜놓은 수고(水庫)인가

아득한 물안개 피어오르는
아득하고 아득함으로 감추어두었다
한 획으로
그어주는 수평선

그러고도 말이 없다
다만 살아 있다고
잔잔하게 일렁거리다가
속이 뒤집힐 때
치고 쳐대다가도
조용히 가라앉힐 때
생성의 보고가 되는 바다

별빛 흐르는 바다

바다를 항해하다
닻을 내리고 계선주에 벼리줄을 거는
항해사의 사연
별빛 반짝 흐르는 밤이면

벼리줄을 거머쥐고 배에 오르며
노래를 부르는 바다

자지러드는 소리는 얄작스럽다
옥타브를 올릴 때까지
목청껏 부르노라면
파도도 철썩여주는 바다
별 뿌려지는
밤 배질이 좋다

태양의 꿈
별빛 반짝이는 바다가 좋다

바다는 어머니

바다는 우리를 품는다
하늘에 구름이 끼면
파아람으로 반짝일 수 없다고
깊이 가라앉히는 바다

물속에 비추어
하늘까지 감당하는 바다

아득한 수평선 위에 그려지는
인생 여정의 수채화

겨울 바다가 그립다

시리도록 파란 겨울 하늘이면
나는
파도가 철썩이는
바다로 달려가고 싶다

파란 하늘에
내 마음
물결 져 바다가 되는 날이면
출렁거림에 내 마음 내어 맡기고
걷고 걸어
내 마음 푸르도록 겨울 하늘
겨울 바다 파도로 철썩여주는
그곳으로 달려가고프다

파아란 하늘
파도로 치고 치는
바다로 달려가고프다

2부

너는 하늘의 거울

하늘의 거울

하늘을 비추어주는 저 도랑물에서
나를 찾고
과거를 떠올리고
우리의 삶이 여울져가고
우리가 정제되어

비춰나는 징검다리
너와 내가
그리고
과거와 오늘과 내일이
하늘의 높이만큼 파아래지는
도랑물

오고 갔던 징검다리

나를 비춰주는
하늘의 거울

인연의 미학

숨죽일수록
거칠어지는 내 마음

이단적인 밤은
처음 만난 남과 여 같다

산 능선을 넘는 구름같이
엄습하여오는
쉼 박

지우고 지워도
살아나는
초야의 숨결로
그리고
그린 그림

하늘을 품은 어머니

말없이
자신을 지키는 멜로디

말이 없다
바다같이

출렁거리다가 잔잔한 것은
바람의 장난이 아니다

속까지 다 뒤집히고도
다시 평정을 되찾을 줄 아는 바다

바다는
이 세상 모든 걸 품고

삭히고 삭혀 낸
한 폭의 우리 우주

돌풍도 사랑이던가

사랑이란 돌풍이다
식어 버리면
황량한 벌판의 바람이지만

아리아리한 바람은
함부로 일으키지 마라

아리아리 취하게 하는
선홍의
상큼한 바람은
휘몰아친들 돌풍이라던가

찾을수록 반짝이는 만남

하늘까지 비추어주는
저 도랑물이
나를 찾고
나를 정제시켜
나를 떠나게 한다

지남보다 바래봄이
하늘보다 높고
비추인 바다보다 깊다

높고 깊을수록 더
반짝이게 별이 되는
너와 나

섬

저 드넓은 바다에
섬이 없다면
그 무엇이
이 세상과 내통하게 하였을까

어떤 삶의 파도도 말없이 견뎌내는
바다 같은 당신

그런 당신에게
나는 섬이 되고 싶다

사람과 사람 사이를 이어주는 섬
세상의 온갖 기쁨을 전해주는 섬

삶에 대해
누군가에게 희망과 사랑을 전해주는
섬이 되어보라

오고 가는 이들의 섬이 되어보라

나를 일으키는 당신

우리 만남은 우연이었소
기연(起緣)이었소

우리 만났을 때부터 보고픔이었소
묻고 묻은 사랑산이오
그리고 그린 그리뫼오

새벽 2시는
나와 당신과의 그리뫼에
불덩그는 시간이라오

가만히 불 밝히며
불러보고 또 불러보아도
결코
허전하지도 지루하지도
그리고 그리고 또 그려보아도
불러보고 불러보고 또 불러보아도
나를 일으켜 세우는 당신

우리 만났다 떨어지면
그리움이 쌓이고 쌓여 징검다리가 되고
사랑의 그리뫼가
스크린을 밝혀주는 촛농이 되어
나를 일으켜 세우는 당신

그리움이 도랑 되고
그리움이 시내 되어
그리움이 바다 되는
우리의 만남은 필연이오

눈은 천연의 아리아

잿빛 하늘 설비침으로
나의 마음 보송보송 피어나게
터치하는 날

순결스러움도 오래지 않으려
수정 같은 순간
나를 순간에서 영원으로
날려주면

솜살 같은 그대의 숨결로 가만히 다가와
녹아내리는
G 선상의 아리아
자존의 리듬
그 하모니에 노래 부르리

맺혀내지 못한
눈 같은 갈구
살풋 살풋 날리는 눈이 되어
그대에 안기려네

잿빛을 투영시켜 부심이 되는
눈빛
타는 태양보다
강렬하게 사랑이 되어
노래 부르게 하는 눈

잠 못 이루는 밤

잠 못 이루는 여름밤
더워설까

아니야
작열한 태양에 무성한 풀잎
나뭇잎들이 풍긴 향 때문일 거야

아니야
울던 매미가 울지 않아서일 거야

아니야
철모르는 매미가 울어서일 거야
술독이 삭느라
농숙시키려 괴고 괴어서일 거야

아니야
밝혀진 불에
잠 못 이루는 밤이 아니라
고추잠자리 나래짓에서 이는 바람
재울 수 없어서일 거야

아니야
불볕을 삭힌 향 때문일 거야

끝없는 아름다움

아름다움이 떠오르는
수평선
저
너머 너머
마하의 고공에서 금빛 타고 오는 사랑
심해의 깊음에서 푸르름으로 물들여 주는 사랑
무동의 고요에서 벙글어지듯 감싸는 사랑
아
끝이 없을수록 점묘 되어 가는
그
사랑의 끄트머리에서

아리듯 밀려드는 야릇함
그
무얼까

비로 뿌려 준다
너무 뜨겁다고
좀 쉬어가라고

더 못 참겠다고
하늘이 울어버리나 봅니다

바람에 걸린 구름이
산마루에 걸려 넘지 못하고
울어버린 날이면
왠지
내가 몸 푸는 것 같답니다

창대 같은 비가
말갈기를 휘날리는 비마(飛馬)를 타듯
나는 무라 속으로 달립니다

덜덜거리며 돌아가는 스크린 기스처럼
비가 내릴 때면

너무 뜨거워 비가 내립니다
한숨 돌리라고
비가 내립니다
터져 버릴 것 같아
비로 뿌려주나 봅니다

구름에 비 오듯

바람 타지 않는 게 무언가

낙엽이 구르면 고독한
여인은

창대 같은 빗줄기 속에
갈기갈기 찢겨

비마저 땅을 두드리듯

바람
바람
나도 바람 탄 시인이 된다

어디론가
훌쩍 날아가
비 한 줄금 뿌리련다

어설픈 잣대

그 누구도 태어나면서
아는 사람은
아버지, 어머니다

눈 뜬 다음
어머니는 현상
보이지 않을 수도 있는 아버지

그러나 어김없이
아버지와 어머니라 하는
존재의 미학

인연이란 알고 모름에 한정을 짓는
지극하고도 극묘한 잣대

노포주점의 여류시인

부산 버스터미널 건너오시게
장 서는 날
비가 내리면
오후 1시에 만난다는
여류시인
해장국에 막걸리 한 사발
마시노라면
시골 할배들의 거나한 풍정이
절로 그려진다는
노포주점
떨어지는 빗방울 소리에
혹여 기다리는 이
금방 들어설 것만 같아
어김없이 모인다는
여류시인

구름아 왜 솟니

봉긋 뻥긋 솟는
저 구름아

나의 마음으로 솟은 거냐
님의 마음으로 솟는 거냐

사이사이
그
푸르름으로
바람을 불어주려 솟는 거냐

3부

다시 봄은 왔는데

봄은 왔는데

북마크 공유하기 기능 더 보기
가만 있어 보시요

우메
그것덜이 얼어죽지도 않았는갑소
어김없이 끼레질러 왔능갑소

앞산에선가 뒷산에선가 휘파람을 불르요
불러,
열어제끼그만라 새벽을
가만있자

그것이 맞그만라
영춘가요

불르요 불러~

그 휘파람 소리는 분명 맞그만라
봄을 일으키요
끄시렁구를 거머쥐고 일으키요
일으켜

그렇치마는
아적
바람 끝은 시퍼렀크만라

워-메
날큼하요

봄기운

청매화 향처럼
고란사 무공(無空) 스님이 광주에 온다는 기별이다

무등 등주의 무등산은
그 누구에게도 속내를 보이지 않으려 틀어 앉고
천왕봉 계곡에서 봄 트는 소리
무공의 대금 소리
부처의 뜻으로 하늘까지
나의 마음까지 드높이고 드높인다

봄 터 오는 물소리
대금의 화음
봄부터 님 그리게 한다

'청산에 홀로 웃는다'
봄 물소리를 타고 훨훨 날아오르는 대금의 음률
사바세계로 아득하게 들려오듯
사르륵 사르륵
무등 등주의 애간장이 녹고 녹는다

봄 소리
가슴을 찢는 대금 소리 씨톨이 되어
우리 민족의 호기로움
무등산 신선이 되는 봄기운

정이란

봄볕에 아지랑이 피어나는 날
까치가 지푸라기 물고
꽁지 춤을 추며
감나무에 까치집을 짓는 일이다

한 번도 보지 못했던
언제 보았냔 듯이
둘이서 딱 맞아떨어졌을 때
좋아하는 일이다

봄볕에 아지랑이 피어나는 날
땔나무 한 짐 해다 부려놓고
한숨 때리고 난 영감은
어서 초꼬지불을 끄라고
종지목을 대며
허리를 쭈우욱 펴는 일이다

정이란
아랫목이 따끈따끈한 것과 같다
아궁이 잿불에
삐들삐들 마른 서대를 구워
뼈를 발라 먹는 것과 같은 것이다

한여름 지심이 난리 치고

요사이
나는 잡초, 지심 매느라
귀한 시간을 허비하다 보니
온몸이 찌뿌드등하다

지심을 매면 시원해져야 할 것이지
왜
더 피곤해지는지

내가
지심을 매는 것은
땅은 심은 대로이기 때문에
그 심어 논
곡석을 키우는 재미가 붙어야 하는 것인데
이놈의
지심이 먼저 난리를 치니

내의 마음이 더 고달프다

내 마음 고달퍼도

그

지심을 매어야

땅이 거짓말을 하지 않을거기에

봄은 여인의 친정길

봄이 오는 길은
첫 친정집 가는
여인의 발걸음이어라

흰 구름 두둥실
친정집 뜰에 들어서며
풀어헤치는 여인의 가슴이어라

미풍 없어도
아리아리한 기운이
스멀스멀 녹아내리는
남녘 산마루

흰 구름 두둥실
친정 길 여인의 마음으로 떠가는
고개

풍운우설

뭉게구름 풍선으로 띄우는
가을이 되면
내 마음 두둥실
가을 달 길어 올리는
술잔이 된다

카랑카랑한
보름달
고향 고샅길 비추면
소낙비 대 이파리 씻기고 씻긴 청주가
생각이 난다

오곡백과가 익고 익은
한가위 보름달

가을의 서곡

한그러운 여름
12폭 치맛자락에서 이는
바람
하늘 가에
하얀 구름 두둥실
덜덜거리는 매미 소리
공원 언저리에서
여름날의 무더위를 날린다

가녑다
님의 여한으로 감싸고도는
한그러움

감겨드는 바람결의 음률의 파장
고추잠자리는
파아란 하늘 가에
기병처럼 시위하며
날 잡아보라

가을바람을 일으키듯
한그럽게 맴을 도는
고추잠자리

가을이여 어서 오라
톤을 높인다

가을이 오는 새벽

여름의 열기
자잔히 녹아내리게 하는
그
작은 쓰르라미들

선율로 그리는
새벽
가을은 이렇게 오는가

밤새워
문지르고 문질러
무심에 불을 붙여주는
쓰르라미

가을의 새벽

고향 집 죽 창문에
비추어 나는 퇴억[옛 생각]

대[竹]칼로 벗겨내는
어둠의 리듬을 타고
반짝이는
고향의 새벽 별을 꿸 때
닭이 운다

가을이면
나에게는 고향의 사유가
별을 세게 하나부다

가을의 오케스트라

여름 열기에 피어오르더니
보이지 않고
파아랗게 파아랗게 질려가는
수문장에 떠는 너

첨 피었던 여뀌꽃
우듬지에서 피었는데
새로 돌아올라 피어난 꽃가지들에 가리워
쌕쌕한 꽃 빛도 바래가고
가지도 갈색이 돼
아래로 쳐져 갈수록 수그러들며
무얼 그리 싸고 싸느라
휘어진 허리

파리한 기운에 놀라
켜대는 첼로 소리
아, 가고 오는 교차의 오케스트라

가을의 연서

별빛 반짝이듯
날아오는 가을이면

무수한 별밤의 별같이
눈 한번 맞춰보지 않았어도
상큼하고
풍성하게
다 날리고 나서

순수의 떨림
가빠오는 숨소리마저
자박이며

연서가 되는 낙엽 한 잎

눈 오는 날

함박눈이 오면 왜 그런가
나는 모릅니다

눈이 되어 버린가
나도 모릅니다

쌓이면서도
소복소복 소삭이는 함박눈

눈 오는 날이면

나는 눈이 된 줄도 모르고
우리 님 머리 위에도
꽃잎 위에
쌓이고 쌓여

꽃으로 피어나는 눈이 좋답니다

눈이 되어도 좋은
눈 오는 날

눈도 녹아내린다

봄이 오려면
바람도 날을 감추고
꽃등을 탄다

더 탑니다

싹들이
풀들이
꽃들이
벌들이
새들이
나무들이
봄비에 더 탑니다

눈이 오는 날이면

눈이
산과 들,
강과 바다,
나에게도 살포시 안깁니다

뼈를 파고드는 고통도
사랑의 갈등도
감싸듯 눈에 덮입니다

벌거벗은 나무와 인간들도
눈의 아픔을
가슴에 가득 안고
새봄을
소리쳐 부르듯 날리며
소복이 쌓입니다

눈이 날리는 날이면
가혹한 바람에게 묻습니다

우리의 피멍울들을
눈아
왜 하얗게 덮느냐

작설차[*]

눈 날리는 날이면
작설차를 마시고 싶다

춘설(春雪) 헤집은 연초록 첫순[작설(鵲舌)]
꽃보다 아름답다
첫 순을 따는 손보다
차 순을 움켜쥔 손이 더 시려 차라던가
서슬에 열리는 옥로(玉露)

봄 뒤뜰에 세 귀 달린 무쇠솥 걸어
솥 밑 빠진다는
3년 묵힌 감나무 장작에
솔가리 불쏘시개로 불붙이면
파아란 불꽃
무쇠솥이 쩡쩡 울릴 때

여린 찻 순 털어 넣고
대[竹] 주걱으로 뒤적이며
물씬물씬 오르는 김에 사그라드는 고뇌

비비고 비벼 벗겨내는 번뇌
무쇠솥은 서르렁 거리고
쥐었다 놓은
금록(金錄)빛 작설 한 움큼이
천근의 무게로 무쇠솥을 울리고
깊고 깊은 샘물
송엽에 숨어 우는 바람으로 끓여
웃짐은 날려 버리고
우러난 금록(金錄)빛
고뇌와 번뇌가 향이 되어
무등 위로 비상(飛翔)하는 작설차

소복소복
봄 향으로 날리는 작설차

*작설차: 차 첫순 세 잎의 크기가 만년필 촉 같고 참새 혀 크기일 때
        따 덖은 차 이름

4부

내 고향 가는 길

고향 가는 길

자심(自心)의 본성이 흔들릴 때면
비켜섰다가 가는
완행열차로
고향을 가고 싶다
휘돌아가는 실개천에
한 뼘 두 뼘
하늘을 따먹는 물방개와
어덕에 휘어진 버들가지가
나의 꿈으로
찔레꽃 그네 태워주고
풍상을 제인
동구(洞口)의 정자나무
내 꿈의 원류가 되어
사상의 깃발로 나부껴주던 곳
그곳에 가려며는
치그닥 착 치그닥 착
빙그르 돌 듯이 도는 스크린에
덜덜거리는 활동사진기가
G 선상의 아리아가 되어 돌아가는

고향집 뜨락
새벽 달빛 아래
서걱이는 댓잎 소리에
본성의 날 세우고
나서는 고향,
그곳에 가는 마음
꿈엔들 지칠리야

섬진마을

우리의 전남 광양군 다압면에
지리산과 백운산골 섬진강, 섬진마을 갱변[1]에
임진란 때 왜적을 물리쳤다는
두꺼비 바우[2]는
눈을 부릅뜨고 지켜보고 있다

아지랑이 감도는 어느 봄날
섬진마을 다 허물어져 간 담 넘어
무쇠솥에 불을 때며
웅성거리는 사람들을 본
나는 집 안으로 잽싸게 들어서며
'무엇 하느냐' 수리가 삐아리[3] 채듯 다그쳤다
유덕스러운 주인 마나님은

'경상도 부산 사우가 와서
갱조개 국을 끓인디, 한 사발 하것소' 하며
물찬 아가씨 속살같이 뽀오얀
갱 조개국 한 대접에
막걸리까지 권하여

게 눈 감추듯 마셔
파 숙주가 된 나의 속을 풀었던
그 시원함—,

섬진이란 두꺼비 섬(蟾)에 나루 진(津) 자
사람이 사는 데와 강과 나루를
섬진(蟾津)이라 명명하여 오늘에 이른
전라도 광양 선현들의 혜안

어찌 두꺼비들만이었것소
의미와 사상을 제대로 전(傳)하라
두꺼비 바우도 눈을 부릅뜨네

광양춘색이 팔도에 왔네
호남가 한 대목은 어김없이 돌아가는디

1)갱변: 강변의 토속 표현
2)바우: 바위의 토속 표현
3)삐아리: 병아리의 토속 표현

나를 날게 한 천봉산

지새움으로 맞이한
새해 첫날
봉접하러 오르고 오른 천봉산

산죽 잎들이 소살거리는
산길에 소복소복 깔린 갈잎들에 내리는
겨울비-,
추적거림마저
임 맞으러 달려 나오는 버선발 소리 같은 능선 길

천지에 체일을 치고
산죽 잎 위에 떨어지는 빗방울 소리
천연의 화음이 되어
천봉의 나래를 펴게 하는 새해 첫날

마음의 설정으로
타고 넘어도
누구 하나 불평 없이
천봉산 서북서의 능선을 무지르는

길 없는 길

천봉의 나래 위에서 말봉산 정상에 올라
아리랑 한가락에
덩실덩실 춤을 추는
겨울비 내리는 천봉산길
무지르고 무질러 돌아오는 능선은
길이 없어도 길이었다

하늘은 울어도 슬프지 않고
훨훨 나는 천봉산

산새도 마음을 여는 무공암

대둔산(大屯山) 아득히 안겨드는 논산 가야곡
정토산(淨土山) 자락
새소리도 노래가 되는
정요의 동향(東向)
무공암(無空庵)

설시(雪柿)를 쪼는 산새들
희락(喜樂)의 화음(和音)
마음 열지 못한
내 마음의 노래가 되네

장작 패는 무공선사의 도꾸 날에
갈라지는 일갈
산사의 정요를 쫘악 가르고

감나무 가지가지마다
매달린 빠알간 홍시
소복한 눈
더 희고 희게
대둔산을 바라보게 하고

이 가지 저 가지 날고 날은
산조(山鳥)들도
눈 쌓인 감을 쪼듯
나의 마음을 콕콕 쪼우네

고향의 새벽

엄니의 흰 등뼈 같은
고향 집 문창살에 어둠이 벗겨지면
새벽닭이 운다

예나 지금이나
어김없이 우는 고향 새벽닭

엄니가 뒤척이다 낸 신음 같은
고향의 새벽

지새운 눈으로
새벽 별을 줍는 고향 집

쌍계루

문장과 충절을 풍미하던
남도 땅
인걸들이 오르던 쌍계루

동쪽 계곡물과
서쪽에서 흐르는 물소리에
깨어보니
合을 이루는 누대

절조(節操)와 문기(文氣)로 흐르구나

일도의 정점
우리 남도인의 지고지순함이
쌍계루 누대 위에
눈을 반짝이고

목은 선생의 기 원운에
포은 선생의 시 원운이
어제와 내일을 표징하고 있구나

천운산 구름

구름도 쉬어간다는
내 움막의 뒤를 감싸주는
천운산

바람의 기밀 없어도
해 저물어도
여망으로 뜨는 달
살짝 비추어주고 기우는
천운산

나의 가슴에
비 내리는 날이면
나의 마음까지 씻어 내려주고
눈 오는 날이면
표표히 웃음 날리듯 달려드는
천운산아

나의 마음 두둥실 싣고
무등산으로 날아가
구름 꽃을 피우는 구름아

그 마음의 꽃을 피우려
어슴새벽
어둠 속에서 빛으로 살려내는

구름아
구름아
천운산에 노니는 구름아

그 속에 내 있다 하랴

달 따라 가는 거냐
바람결에 가는 거냐
구름에 실려 가는 거냐

무영탑

사랑이란
대가 있다가도 대가 없는
불확실성의 함수

사랑을 하려는 사람들은
이제 출발이노라
사랑을 하고 있는 사람들은
앞뒤를 어떠러케 알겠는가
개선주에 버리줄을 메고 말하라

첫눈에 죽이 맞을 때는
아무것도 아닌 것에 감동되다가
등 돌리면
칼바람이 쌩쌩 불어
천만 길 낭하로 갈라져
쌓고 쌓은 무영탑까지
가차 없이 헐어버리는 사랑

무어라 대하리오
무어라 논하리오

목포의 사연

물이랑 이루는
목포 갓바우

갈매기도 구애를 한다
바다도 출렁거린다

해에 걸린 사연
물 위로 달려와 안기는
삼학도
해무로 어리고

구애를 하는 갈매기
날아간다
날아간다

삼학도

밤도 스며들고
고하도의 물빛도 잠겨드는
목포 유달산 대학루(待鶴樓)는
망연히
삼학도에 잠기누나

빛으로 감싸인 유달산은
빛으로 깊어가고
삼학도 그림자 아스라히
물빛에 점벙점벙
날고 싶다 한다

삼학도 옛 정취에
날 새워
잠들지 않은 목포여

시월의 마지막 밤

나의 움막 사립 앞
꽃봉을 터트리는 국화
갈꽃 사위듯 머리 푸는 달빛이
나의 가슴에 안겨
나부끼다
나부끼다
서산에 걸려
푸르게
푸르게
순결로 채우다

만공(滿空)이 되는
시월의 마지막 밤

소백산 희방폭포

나의 마음
봄바람에 솟아오르게 하는
희방(喜方)폭포

소백산 골 곡에서
모으고 모은 물
연화 반개의 꽃봉오리를 씻고 씻어
하나로 휘도는 낙차
모움으로 치올리며 이루는 물의 함성

강원 충북 경북의 접경을 이루며
한 맥을 이루려 일어선 소백산
북풍을 가린 남녘의 연화봉
새로움으로만 솟은
맑고 맑은 청수로 떨어지며
남실남실 춤을 추듯
희방폭포로 이루는 물아

낙동강
낙북(洛北)의 시원이기에
그리 넘치느냐
힘 차느냐
천리를 일으키려
그리도 새로움으로 솟아
모으고 모아
흐르고 흐르느냐

떨어지면서도
푸르게 푸르게 치올려주는
희방폭포

제주 가는 길

일치(一致) ——
하늘 땅 바다가
맞닿은 토파(吐破)의
마지막 묵적
세상사 죄다 버린
인간(人間)의 접점은 어데일까

보내 버릴 것도 없고
맞이할 것도 없는
길 없는 길

제주 ——
그대가 있는 제주에 나 가오
무공(無空)의 대금소리가
파도와 바람을 달래며
달려든 섬들을 밀어낸다

남긴 여적 이루지 못한 아쉬움으로
하늘의 먹구름
푸르스름한 산과의 교감으로
파도는 철썩이지 않고
조용히
하늘 산 바다 하나가 된다

바람아 불지 말아다오
다 잠기고 맞닿은
하늘 땅 바다
하늘과 바다가 남긴 수평선 하나

일치(一致) ——

나의 마음 어데로 갔나

울산 주전바닷가

우리의 동쪽
울산 주전바닷가
깨돌들은 돌 조각들이
닳아서 작아진 것이 아니라
돌들이 태고의 허를 벗는
모래알도 모래가 아니라
아득한~
파도의 영원한 사색으로
문지르고 쳐도 맑아지며
고이 접어 봉미선으로 펼쳐주는
진아의 함성
들리는가

광주의 서곡

민주의 성지 광주에 은행 꽃비가 내리면
무등산 골 곡 가지마다 꽃등을 내어 건다
피지 못한 모란은 서리에 지고 말았으나
민(民)이 주인이 되는 대동 세상 밝아온다고
민족의 기로마다 일어선 호남인의 기절

흰 구름 감도는 무등산 천지인왕봉마다
광주의 5월 정신 아지랑이로 피어오르면
민(民)이 주인이라고 외치는 민주벌의 함성
날마다 달마다 이루자는 대동의 하모니
우리 민족과 겨레의 영원한 민주의 기치

새벽 별 반짝이는 광주 민주의 성지에는
민주 성산 무등산의 금강석이 빛나고 빛나
민(民)이 주인 되는 영원히 빛날 민주의 분토
여망의 빛으로 떠오를 광산의 촉날이여
정의의 민주 깃발로 위대하게 나부끼리

5부

내 마음의 꽃

마음의 꽃

고요히 붉게 타는 모란봉오리
노오란 꽃술마다
깊고 깊은
열망의 수실로 드리우면
산마루 물안개
함초롬히 봄 햇살로 지우고
피어난 마음의 꽃

소낙비에 날리는 무라
타고 타
영글어 맺혀낸
주렴
화관에 달아
무지개로 띄우리라

무더위를 날려주는 원추리꽃

늦봄의 따가운 햇살에
꽃대를 뽑아 올리던
원추리

무얼 그리 기다렸나

느러질듯 질듯
뽑아 올린
기나긴 목
무더운 여름날 驟雨(취우)의 말갈기 날리듯
비를 몰고 오는 바람에 하늘거려주려
뽑고 뽑았던게냐

원황으로 피는 너의 마음
외오라지
정염으로 타오르는 꽃봉오리에서
무더위를 향으로 날려주는
원추리꽃

참대[竹]

대를 나무라 하면 격하다
죽순은 참대 중에 왕대 뿌리에서 나온 대의 순이다
대는 한자로 대[竹(죽)]이다

전운옥편에 죽(竹)은
冬生草員質虛中深根勁節(동생초원질허중심근경절)이라
기록되었다

뜻은 겨울에 사는 둥근 속은 비어있고
뿌리는 깊고 마디는 질기다

그러니까
우리나라 아니 우리 민족의 가장 중심적인
전운옥편의 대[竹(죽)]은 초(草) 풀이다

그래
나무라고 하면 대의 의미를 격하시킨 것이다
이에 대를 대나무라 하면 의미가 절감된다
흔히 선비의 절조를 대에 비유하여

대는 나무도 아니요
풀도 아니면서 설한을 견뎌 질기고
강하기는 나무보다 더 강한 데서
비유하였다

그런데 나무라 하면 달라진다
그래서 그냥 대라 하여야 한다
죽순은 참대 중 왕대밭에서 솟은 대순이다
참대 죽순 껍질은 진한 바탕의 비단 무늬다

사실 참대 중에 가장 地氣(지기)가
센 곳에서 쌍골죽이 난다
그 쌍골죽 중에 가장 좋은 대로 만든 대금-
1,300여 년 전 우리 조상님들이 만든
이 민족의 악기 정악대금의 재질

그래
대를 대 나무라 하지 말고
그냥 대라고 하는
우리의 자존

동백

동백나무에서 밤을 지새운
동백꽃이
나무 둥치에도
바위 위에도
땅에도
통째로 빠져 그린 무아의 그림

지경을 울린 인경의 종소리는
해무 속에서
빛으로 틔워내기 위한
파도로 치고 쳐 여는 새벽

번뇌와 고뇌
사색으로 삭혀
해무 속 파도 위에 아스라이
새벽 보름 달빛으로 깔아주는 보료
사상의 빛으로 타오르는
동백꽃

파도의 음률 선율 되어
동백꽃 빛으로 떠오르는
향일암의 새벽

해무에 묻혔던 밤
바람 소리
파도 소리
새소리
고요로 날려
빛으로 틔워주는 동백꽃

옥잠화 여인

백양사 어귀 휘감아 도는
여인
머리에 꽂힌
옥잠화

나의 손에 살짝 얹어 준

부드럽기 그지없는
옥잠화 —

나에게 보여준
적송이 군송(群松)을 이루는
소나무 앞에 선
여인도 버얼겋다

여인의 손과 손
살짝
껴안았다

무궁화

여름
소나기 한 줄금 치달린
산골 마을

새벽 강가에
꽃이 핀
무궁화나무

추녀의 낙수 소리
도랑의 여울 소리
산골의 운우(雲雨) 소리

새벽 산골
피우고 지우는
무개화*
우리나라 꽃

*무개화: 쉴 날이 없이 계속 핀다는 뜻

꽃등

모란이 피는
나의 진향 광주에
5월이 오면
우리의 대맥을 잇는 도가 통하고
무등산 위에 별들도 반짝
고향 노래 불러 본다

아지랑이 피어오르는
날마다
밤마다

민(民)이 주인이 되는
이 땅 광주의 지기를 받아
민주의 여민락으로
꽃피고 새우는 천연의 땅을 다지며
생을 누리리라

무등등주의 영원을 간구하며
어화둥둥 살아나 보세
시우민락의 호시절
어화둥둥 살아나 보세

파초

예부터 선인들이
왜 꽃도 피지 않은 파초를
마당 한 켠에 심어두었는지 알 것만 같다

꽃이 피지 않아도 애지중지
10군자로 쳤는지

불볕 같은 태양의 열기
너울너울 말없이 부쳐주는
파초 이파리
너머 너머
파란 하늘에 흰 구름 띄워 보내는
파초

말이 없을수록 좋다
파아랄수록 더 좋다

백운이 이는 여름
가을을 부르는 소리가
저
파초이파리 서스럭거림에서
다가오는 가을

불타는 여름의 정염을 부치나부다
파초 잎 하늘하늘

묵언

요사스럽지 않는
여귀 꽃 수술에
나는
아침부터 눈 맞춤을 한다

조선시대
500여 년 전
식영정 주인 서하당 김성원이 심어 놓고
이 꽃이 좋아
짓는 시 한 대목의 여귀 꽃

그대로
나와의 눈 맞춤
그냥 좋아 눈 맞추는 꽃이 아닌가부다

여귀 꽃은
나의 스승이셨던 이당 선생님 댁에서
몇 년을 벼르고 벼르다
말씀드려

어린 모종을 애지중지
나의 움막 뜰에
심어 피는 꽃이랍니다

빠알간 주렴을 주렁주렁 달아느리는
고개
수그리고 수그려 수줍어하는
여귀 꽃과의 눈 맞춤
기나긴
묵언과 눈 맞추게 하는
여귀 꽃

우리 가락 우리 춤

흥에 빨려 들어간다
우리를 안다는 것은 흥미롭다
가락이
음률이
율동이

시름을 걸어놓고
가락과 음률로 훨훨 날고 날으며
휘돌아 거머쥔 자락
한 세상
놓을 듯 말 듯
명주 수건에 걸고 당기고 당긴다

누천년이 휘감고 돌고 도는
손끝에서
여한의 자락에서 이는
깊디깊은
손끝 발끝, 치맛자락 위에 걸린
무념의 자태

가락에 걸린 우리 춤

연잎들의 하모니

연못에 물이 말랐다
고이는 새 물 위에
연 싹들이 진흙 펄에서 쏘옥
물을 털며 솟아오르며
기침하듯 물 위를 무릅잡는다

꽃무름들은
빗방울 두어 방울씩
받쳐 들고 하모니를 이루는 연밭

비 개인 아침 햇살
방싯
새 연잎은 형형색색
빛을 받으려
나의 마음까지
선연함으로
영롱함으로
무아경으로
점경해가며 하모니를 이룬다

춤을 배우면서

멍사 모르던 시절
그 무엇이 어려웠으랴

하면 할수록
알면 알수록
어렵지 않는 게 그 무언가
정체 속의 사고
남이 하는 것을 평하고 결과 추출도
논하고 멋대로 단정 지었던
……
세월의 나락들

실없는 웃음 히죽 히죽 수없이 날린
선비 춤
여러 사람 앞에
배운 대로 추려 하였으나
음악도 들리질 않는다

춤도 춤이 아니다

장소와 환경과 위치가 달라서일까
수많은 눈들의 표적이 되어서일까
첫 실수이어서일까

헤픈 웃음마저 나오지 않고
얼굴만 확확 달아오르고
심장만 두근 서근

그만 멎어 버릴 것만 같은 순간순간 ─

헝클어진 실코
모깃소리만큼 귓전을 스친다

실수는 그냥 하는 것이 아니라
주어져야 하는건가

박수 소리 들린다

두둥실 학의 나래짓에
음률이
나의 귀를 틔워주고
나의 가슴 열어주며
실없는 웃음 그치게 하여주는
선비 춤

송도에서 운도가 잘 일어야 차향이 좋은 말차

말차는
밤에 마시지 않는 것이 아니라
가급적
청명한 오후에 드신 것이 더 좋답니다

말차는
송도(松濤)에서 운도(雲濤)가 잘 일어야
더 차 향과 맛이 좋답니다

송도란
찻물을 좋은 샘에서 새벽물을 떠 두었다가
끓이면 처음에는 큰 거품이 일다가
점차 잦아들어 완숙되면서 끓는 물이
소나무의 솔잎들이 바람이 불면
사부적 사부적
물결의 소리를 내듯 이는 것을 송도라 하고

운도란

잘 끓인 물을

윗김을 날려 70~80℃ 정도의 찻물에

말[가루]차를 부어 차솔로

잘 저어야 거품이 이는데 그 거품을 운도라 한답니다

그

운도가 잘 일어야 맛과 향이 더 좋답니다

도봉사(道峰寺) 푸른 솔

도심의 문외 문(門外 門)
도봉산 만장봉이 성큼 내려와
도봉사 용마루와 조우하니

청송(靑松)의 기(氣)는
푸르러 만장(萬丈)에 이르는데
단풍은 어이
그리도 붉게 타고 또 타는가

대립과 별 외의 도봉사
온통 도(道)로구나

도봉구(道峰區)
도봉동(道峰洞)
도봉산(道峰山)
도봉사(道峰寺)

큰스님 도담(道談)에
물든 선홍빛 찻잔
만장봉이 벙그니
까치마저 도상(道翔)하는 도봉사

도염(道焰)에 번뇌는 타고 타
대도무문(大道無門)을 나서게 하네

망우초꽃

길가에 망우초가 멀쑥하게
꽃을 피웠다
가을바람이 흔든다

상큼하다

여름에 어디를 갔다가
세월 모르다
이제서야 망우초 꽃대를 흔드는가

망우초꽃이
보라빛이었기 망정이제

멀대같이 키만 컸다고
조롱하듯
그냥 흔들 순 없잖아
가을 한시가 어느 때라고

보랏빛 향이라도 날려
벌이라도 불러야지